JN025651

もういちど
そばに

もういちど
そばに

エラ・フランシス・サンダース

前田 まゆみ 訳

これは、小さなコレクション。
恋しいこと、
もういちど 出会いたいことを
あつめてみた。
ねらって書いたわけじゃない。
ただ、胸が いたくて、
この絵を 描いて
癒されたから。

（さびしいよ）

STANDING IN MUSEUMS
AND GALLERIES

美術館や画廊に立つ。

何年か前、
スウェーデンの ヨーテボリに
一人旅をした。
誕生日だったから。
日曜日、
市内の一番大きな美術館に
　行ったらがらがらで、
自分ひとりしかいない
　　　　　みたいだった。

とにかく、バスで本を読む
といえば なぜか
　シアトルを 思い出す。

READING THE SAME
BOOK AS SOMEONE
ON THE BUS

バスの中で、同じ本を読んでる人がいる。

HANDING PEOPLE
THINGS THEY'VE DROPPED

だ れ か が 落 と し た も の を 、 拾 っ て 手 渡 す 。

知らない人と
同時にひざをついて.
落としものを 拾う.
あり得ないほど
温かい瞬間。

冬に北半球で
太陽を 心待ちに
するみたいに
　　心が焦がれる。

BEING IN LIBRARIES
AND BOOKSTORES

図書館や書店にいる。

CONSOLING
A STRANGER

知らない人を　なぐさめる。

何て言えば いいか
わからないから
しょっちゅう することでは
ないけど。

小さなことの積み重ねで
毎日は つづいていく。
たとえば 親子で 歯みがきしたり、
生まれたての 甥っ子、姪っ子と
　はじめて 出会ったり、
好きなもので いっぱいの
　いつもの道を さんぽしたり。

SHARED ROUTINES
OF THE BEAUTIFULLY
MUNDANE VARIETY

日々のさまざまな美しいことをいっしょにする。

MAKING EYE CONTACT
WITH SOMEBODY IN
A PASSING CAR

通りすぎる車の中のだれかと目で合図。

知らない人でも
　知り合いみたいな
気持ちに
　なってしまう。

いつか住んでいた町には
古い建物の中に
古い小さな 映画館があって、
床には 上の階まで
　てんてんと
小さな しみが ついてたっけ。

　いつも
　ひとりで 行くのが
　　　　　好きだった。

CINEMAS IN THE DARK
(AND THEATERS)

映画館の暗がり。
（劇場も）

GIVING DIRECTIONS

道 を 教 え る 。

じつは、あんまり
　　得意じゃない。

道の名前をほとんど
　おぼえてないから。

かわりに、

「10月の匂いがする木を
　　左に曲がってね」

とか言ってしまう。

あれも ありだと 思ってる
　　自分に おどろく。

BEING PRESSED TOGETHER
ON PUBLIC TRANSPORTATION

満員電車のぎゅうぎゅうづめ。

RUNNING INTO PEOPLE
YOU KNOW IN FAR
AWAY PLACES

遠くにいるなつかしい人のもとにかけつける。

なんて 気軽 だったろう。
幼なじみに 会いたくて
オーストラリアの奥地まで
日常から 遠く 離れた
旅を する。

ほかの人の手のひらに
感じる ぬくもり。

HANDSHAKES
(USUALLY AWKWARD)

握手。
（ふつう遠慮がちに）

STANDING IN LINE
AT THE POST OFFICE

郵 便 局 で 列 に 並 ぶ 。

今まで いろんな
郵便局に 行ったけど
どこも 好きだった。
郵便局では、
なつかしい歌が
　　　　聞こえる。

濡れねずみどうし。
足どめの時間を
いっしょに過ごしたら
親しみがわいてくる。

SHELTERING IN DOORWAYS
IN THE RAIN

建 物 の 入 り 口 で 雨 宿 り 。

DISCOVERING
UNEXPECTED AND
UNUSUAL PLACES

思いがけない特別な場所を発見。

だれかと いっしょに
少し道に迷ったときが
　　　　最高。

食料品コーナーを
見て回るのは とても素敵。
たぶん、きっちり 並んだ
　棚が あって、
ヨーグルト売場で ほかの人が
近づくのを　微妙な
　姿勢で じゃましたり、
何本もの 通路の間で
　迷子に なったりするから。

WHISPERED CONVERSATIONS
AT THE GROCERY STORE

スーパーでひそひそ声のおしゃべり。

LOOKING OUT OF
SHARED TRAIN WINDOWS

だれかといっしょに、列車の窓から外を眺める。

今住んでいるとこには
列車がない。
60年前に走るのを
やめたって。
列車の窓は、
時間や場所について
思いを馳せられる
特別なもの。
それに、
　目の良いエクササイズ。

わ！
おんなじ キャベツ
とろうとしてた！

REACHING FOR
THE SAME THING
AS SOMEONE ELSE
AND BRUSHING
THEIR HAND

だれかと同じものをとろうとして
手が触れ合う瞬間。

OFFERING TO SHARE
YOUR LUNCH

お 弁 当 を シ ェ ア し て る の を 見 か け る 。

小さな ことに
　目が とまる、
温かな瞬間が
　　　恋しい。

まわりの人と、
良い出会いもあれば
そうでもないときも
ある。

WAITING AT BUS STOPS

バス停で待つ。

HUGS-AS-HELLOS

会えたねのハグ。

そう、きっと。

帽子をほめるのも
好き。

COMPLIMENTING SOMEONE'S
SHOES WHILE WAITING AT
AN APPOINTMENT

待 合 室 で 、 だ れ か の 靴 を ほ め る 。

GREETING BEAUTIFUL DOGS

素 敵 な 犬 に ご あ い さ つ 。

犬以上の
　　話すきっかけ、
ほかに ある ？

以前は、
コインランドリーで
じっと待つのが
夜の任務だった。
毎日が
　もっと完璧だった
　　日々の思い出。

WAITING AT
LAUNDROMATS

コインランドリーで待つ。

FALLING IN LOVE
WITH STRANGERS
AT COFFEE SHOPS

カフェで見知らぬ人と恋に落ちる。

（だいたい、
　何にでも 恋して
　しまうのだけど）

今のとこ、日々が
なんとなく過ぎていく。
切手を切らし、
　　　消しゴムを切らし、
　そして感情も切らしたまま。
これも　いつか過ぎるのかな。
ただ、この日々の記憶は、
ずっとのころ傷あとのように、
　思った以上に長く
　　引きずるものに
　　　なるかもしれない。

でも、それも いいさ。
この星は、
　きっと また
私たちを 抱きしめて
　くれる はず だから。

訳者あとがき

エラ・フランシス・サンダースさんの著書を訳すご縁をいただいて、4冊目。
今回の本は、才気煥発で知力を最大限に駆使する彼女の前作3つと比べると、
とても素直でシンプルです。
最初に著者が「胸がいたくて、でもこの絵を描いて癒された」と書いている
ように、著者にこの本を描かせたもの、それは今私たちも共有している「痛
み」だと感じます。2020年からの世界で起きていることはいったい何なの
か、それによって私たちは何を失い、何と出会うのか。
「でも、それもいいさ。この星は、きっとまた私たちを抱きしめてくれるは
ずだから」と、この本は結ばれます。
もしかしたら、「この星」つまり地球というのは、私たち自身でもあるのか
もしれません。私たちはまた、お互い抱きしめ合わなきゃいけないし、そう
したい。同じ時を生きている人をみんな、ぎゅっと。
訳し終わった今、私はそのように感じています。
それができる世界を、もう一度。

ellafrancessanders . com
@ ellafsanders

著　者

エラ・フランシス・サンダース

イギリス在住のライター、イラストレーター。著書に"Lost in Translation: An Illustrated Compendium of Untranslatable Words from Around the World"（邦題：翻訳できない世界のことば）、"The Illustrated Book of Sayings: Curious Expressions from Around the World"（邦題：誰も知らない世界のことわざ）、"Eating the Sun: Small Musing on a Vast Universe"（邦題：ことばにできない宇宙のふしぎ）がある。

訳　者

前田まゆみ（まえだ まゆみ）

絵本作家、翻訳者。京都市在住。神戸女学院大学で英文学を学びながら、洋画家の杉浦祐二氏に師事。著書に『ライオンのプライド　探偵になるくま』『幸せの鍵が見つかる　世界の美しいことば』（創元社）『野の花えほん』（あすなろ書房）など、共著に『しなやかに生きる智慧と希望のことば』（創元社）、翻訳書に『翻訳できない世界のことば』（創元社）『もしかしたら』『だいすきだよ　おつきさまにとどくほど』（パイ・インターナショナル）などがある。『あおいアヒル』（主婦の友社）で、第67回産経児童出版文化賞・翻訳作品賞を受賞。

もういちど　そばに

2021年12月20日　第1版第1刷発行

著者／イラスト　エラ・フランシス・サンダース
訳者／日本語描き文字　前田まゆみ

発 行 者　矢部敬一
発 行 所　株式会社　創元社
　　　　　＜本社＞
　　　　　〒541-0047　大阪市中央区淡路町4丁目3-6
　　　　　TEL:06-6231-9010（代）　FAX:06-6233-3111
　　　　　＜東京支店＞
　　　　　〒101-0051　東京都千代田区神田神保町1-2 田辺ビル
　　　　　TEL:03-6811-0662
　　　　　＜ホームページ＞
　　　　　https://www.sogensha.co.jp/
デザイン　近藤聡（明後日デザイン制作所）
印 刷 所　図書印刷株式会社

本書の感想をお寄せください

投稿フォームはこちらから ▶ ▶ ▶

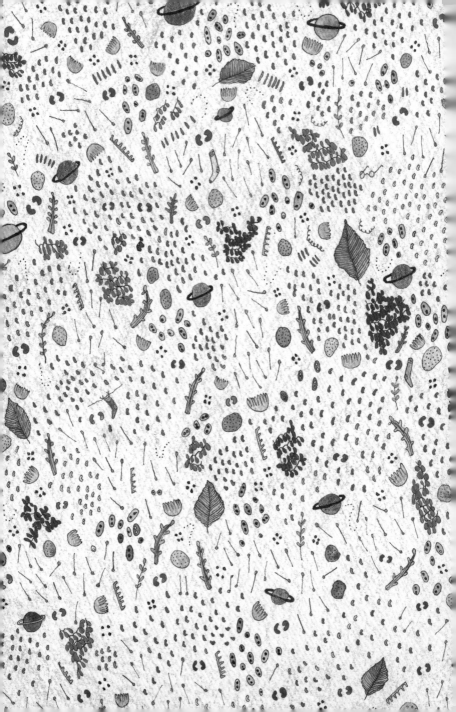